# 秘密

［日］谷崎润一郎 著
［日］松尾裕美 绘
温雪亮 译

江苏省版权局著作权合同登记号 图字：10-2024-418 号

HIMITSU by JUNICHIRO TANIZAKI
Illustrations copyright © 2020 HIROMI MATSUO
Originally published in Japan by Rittorsha, Rittor Music, Inc.
Simplified Chinese translation rights arranged with
Rittor Music, Inc. through AMANN CO., LTD.

#### 图书在版编目（CIP）数据

秘密 /（日）谷崎润一郎著；（日）松尾裕美绘；温雪亮译. -- 南京：江苏凤凰文艺出版社，2025.5.（文豪绘本）. -- ISBN 978-7-5594-8963-0

I. I313.45

中国国家版本馆 CIP 数据核字第 2024EX6221 号

## 秘密

[日]谷崎润一郎 著　[日]松尾裕美 绘　温雪亮 译

| | |
|---|---|
| 责任编辑 | 白　涵 |
| 装帧设计 | 纽唯迪设计工作室 |
| 出版发行 | 江苏凤凰文艺出版社 |
| | 南京市中央路 165 号，邮编：210009 |
| 网　址 | http://www.jswenyi.com |
| 印　刷 | 北京盛通印刷股份有限公司 |
| 开　本 | 880 毫米 ×1230 毫米　1/24 |
| 字　数 | 64 千字 |
| 印　张 | 4 |
| 版　次 | 2025 年 5 月第 1 版 |
| 印　次 | 2025 年 5 月第 1 次印刷 |
| 标准书号 | ISBN 978-7-5594-8963-0 |
| 定　价 | 48.00 元 |

江苏凤凰文艺版图书印刷、装订错误，可向出版社调换，联系电话 025—83280257

初次刊载：《中央公论》一九一一年十一月号

著·谷崎润一郎

明治十九年（一八八六年）生于东京。东京帝国大学国文学部中途退学。在校期间创立同人杂志《新思潮》，并在上面发布《刺青》等作品。代表作有《痴人之爱》《春琴抄》《细雪》《阴翳礼赞》等。

绘·松尾裕美

插画家。生于日本岛根县，目前居住在冈山。作品有《百货店华尔兹》《浮世绘梦：松尾裕美和风复古插画集》。目前从事书籍装帧等工作。喜好和服与近代建筑。

秘密

那时的我，总会反复无常地思考着，要远离一直纠缠在自己身边的喧嚣，悄无声息地逃出各类交际圈。于是我四处寻找着适合自己隐居的场所，最终，我在浅草[1]松叶町的附近，发现了一座真言宗[2]的寺院，并租下了一处原本供僧人居住的居室后便住了起来。

---

1 一条以日本东京浅草寺为中心的闹街。
2 日本宗教主要宗派之一，密宗的一种。源于印度，经由中国，由空海传至日本。

沿着新挖的水渠，从菊屋桥顺着东本愿寺后面直走，就能走到十二阶[1]下方。那里有一条喧闹、错综复杂且昏暗杂乱的街道，我所居住的寺庙便坐落其中。那一带有很大一片贫民窟，就跟被打翻的垃圾箱一样脏乱，在贫民窟的一侧，有一道很长很长的黄橙色土墙，不知为何，这道土墙给人一种稳重、严肃又寂静的感觉。

关于隐居地点，我原先就觉得比起涩谷或是大久保这样的郊外，更想在市内某处寻求一个不被他人察觉、不可思议的冷清之地。这恰如停滞在湍急溪流中的深渊一样，即便是在下町[2]喧闹且拥挤的巷子里，在极其特殊的情况下，也会有为数不多的特殊之人才会前往的清静区域。

同时，我又想到了一件事——

我很热爱旅行，从京都、仙台、北海道一直到九州，这些地方我都去过。话虽如此，即便是在现如今的东京，包括生活了二十年之久的人形町[3]在内，一定还有我从未走过的地方。不对，没走过的地方一定比我想象中的还要多。

况且，大城市的下町就跟蜂巢一样，至于那些大小不一、数量繁多的街道，我也不清楚究竟是去过的地方多呢，还是没去过的地方多。

---

1　又被称作"凌云阁"。是明治时期至大正后期的12层塔状西式建筑，位于浅草区。其名有"超越云层"之意。因其有12层，故有"浅草十二阶"的称呼。因在关东大地震时期损毁严重，后被拆除。
2　小工商业较为集中的一片区域，也是工商业者的居住区。
3　东京中央区的一个地名，即如今的日本桥人形町。

那应该是我十二岁时发生的事吧。父亲带我一同前往深川的八幡宫[1]时，曾对我说："过了这个渡口，就带你去尝一尝冬木[2]米市最有名的荞麦面。"随后他便带着我走向八幡宫神殿的后方。那里有一条河川，这与小纲町以及小舟町[3]附近的沟渠有着截然不同的趣味。这里的河道狭窄，河岸也低，河水多到已经溢出来了。在河川的两岸，建满了密密麻麻的房子，流动的河水就像要用力推开这些房子似的，显得那么阴沉、忧郁。岸边纵向停靠着几艘大小不一、比河道还要长的货船，一艘小小的摆渡船从这些货船的缝隙间穿梭，船桨戳着水底，不过两三杆，便能迅速往返于两岸之间。

在此之前，我虽经常前往八幡宫参拜，可未曾想过神殿后面会是怎样一番景象。我每次只会从正门的鸟居进入神社进行参拜，便很自然地认为这里会像全景立体画一样，只有表面，没有背面，神社景色更是没有尽头。现在，我的眼前出现了河川还有渡口，并且还看到了前方宽阔的土地不断向前延伸。看到这谜一样的场景，总觉得很像是屡次在梦中出现的那个世界。那是一个距离东京非常遥远的世界，比京都还有大阪都要遥远。

---

1 位于东京江东区富冈的八幡神社，创建于宽永四年（1627年），通称深川八幡宫，是东京最大的八幡宫，每年八月举行的祭礼"深川八幡祭"是江户三大祭之一。
2 冬木是东京江东区的街道名。
3 小纲町和小舟町都位于日本桥附近。

从那以后，我开始想象浅草观音堂后面街道的样子，但我只能在脑海中清晰勾勒出从商店街仰望那宏伟的观音堂上、被涂成朱红色的瓦房顶的样子，至于其他的，真是一点都想不出来。慢慢地，我也长大了。随着社交范围的扩大，我有时会去拜访朋友家，有时会游山赏花，几乎走遍了东京市内的每一个地方。其间，还经常会与幼时所经历过的，某个不可思议的另一个世界相遇。

在我看来，如此别样的世界才是最适合我的藏身之所，我曾寻求过很多地方，可找来找去才发现，迄今为止，有太多地方我都不曾去过。就好比浅草桥与和泉桥，这两座桥我曾走过数次，但位于两桥之间的左卫门桥，我却一次都没有走过。还有每次前往二长町的市村座[1]时，我总是走电车用的大道，然后在荞麦面店的拐角处向右转。其实顺着市村座前方的柳盛座[2]一直走个两三百米就能到达一处地段，但在我的记忆中，自己一次都没有去过。还有，我并不清楚从以前的永代桥的右岸望向左岸会是怎样的景色。此外，诸如八丁堀、越前堀、三味线堀、山谷堀[3]的周边，好像也有很多我所不知道的场所。

---

1 歌舞伎剧场，创立于宽永十一年（1634年），是江户三大座之一。屡遭火灾，1932年毁于大火后便没再重建。
2 位于浅草的一家小剧场。
3 几个地方均是东京内的地名。

而松叶町寺院的附近,则是最为奇妙的地方。它就在六区[1]和吉原前方的一处小巷拐角,是一片既荒凉又衰败的区域,对此我甚为满意。很高兴能够抛下迄今为止唯一的朋友——"华丽、奢侈又平凡的东京",在隐居此地的同时,静静地旁观着东京的喧嚣。

我隐居并不是为了学习。那时我的神经就像刀刃受损的锉刀一样,敏锐的棱角失去了原有的锋利,除非遇上色彩极为浓郁的东西,要不然自己对任何事物都提不起精神。我早已无法去品味那些需要细微感知能力的一流艺术和一流料理了,即便是见到了下町帅气的茶屋[2]厨师,或是赞美仁左卫门以及雁治郎[3]的演技,又或是接受那些平凡且普通的都市欢乐,都不足以令我有所触动。我早已无法忍受每日重复无趣又懒惰的生活,我想彻底摆脱旧有的一切,寻求一种能够勾起人兴趣的、人为创造出来的生活方式。

---

1 浅草公园六区的简称,是各种休闲娱乐项目的聚集地。前文中所出现的"十二阶"便在其内。
2 这里的茶屋有两层含义,一为茶室,二为妓院。后者的含义更大一些。
3 即十一代片冈仁左卫门(1858—1934)和初代雁治郎(1860—1935),二人均是当时著名的歌舞伎演员。

我的神经早已对普通的刺激习以为常，能够触动它的，估计只有那些不可思议的奇怪之事了。或许只有远离现实，居住在野蛮、荒唐的梦幻空气中，我的这种想法才能实现吧。

当我这样想着，魂魄却突然迷失，忽而飘到遥远的古巴比伦还有亚述[1]这种传说的世界里，忽而进入到柯南·道尔或是黑岩泪香[2]的侦探小说的世界，忽而对光线热烈的热带地区的焦土以及绿野产生眷恋之情，忽而憧憬起顽皮的少年时代所作出的那些古怪恶作剧。

---

1 亚述帝国（公元前935—公元前612），兴起于美索不达米亚的国家。
2 黑岩泪香（1862—1920），日本明治时代的思想家、作家、翻译家、侦探小说家、记者。其小说《无惨》被视为日本第一篇本土侦探小说。

突然隐匿于喧闹的世间，开始休闲又秘密的独处时光，仅仅如此，我就已经感受到自己的生活被赋予了一种神秘而又浪漫的色彩。从小时候起，我就对秘密的趣味性深有体会。诸如捉迷藏、寻宝、御茶坊主[1]之类的游戏，定要在漆黑的夜晚，昏暗的仓房内或是对开折合门前玩才有意思。只有这样的环境才能营造不可思议的"秘密"的氛围，给人带来非凡的体验。

---

1　儿童游戏的一种。一人当"鬼"，然后眼睛被蒙住。其余的人围成一圈，将"鬼"围在中间。蒙住双眼的人手捧茶碗，然后对自己面前的人说"谁谁谁，请喝茶"。如果猜对了此人的名字，被猜中的人将会成为下一个"鬼"。

为了能够再次体验儿时捉迷藏时的感觉，我特意来到没有人气的下町，隐藏在幽深的环境中。这是座真言宗的寺院，其核心教义与"秘密""咒术""诅咒"渊源较深，而这恰好能够重塑我的妄想，激发我的好奇心。我所居住的房间其实是新扩建出来的居室的一部分，它面朝南方，大小约有八张榻榻米[1]。这些榻榻米在太阳的照射下已经泛起些许褐色，反倒给人一种安定温暖的感觉。正午过后，温和的秋日如幻灯般明晃晃地透过外廊的纸拉窗照射进屋里，房间犹如一个巨大的纸罩蜡灯般明亮。

我将以往常翻看的哲学、艺术类书籍全都收好藏于柜中，然后将那些满是插图，讲述奇怪事件的魔术、催眠术、侦探小说、化学、解剖学书籍，如同晒衣服一样，散放在房中，这样我就能在躺着的时候，顺手摸到什么就读什么。这些书中有柯南·道尔的《四签名》、德昆西的《谋杀即艺术》，还有像《一千零一夜》这样的童话故事，以及介绍法国那令人不可思议的性科学之类的书籍。

---

1　一张榻榻米是 1.548 平方米。八张榻榻米约等于 12.4 平方米。

在我的强烈请求下，寺院住持将珍藏的地狱极乐图、须弥山图、涅槃像等各种古老佛画借给了我。就像是在学校教师办公室里挂着的地图一样，我把这些佛画挂满整个房间。从佛龛中的香炉里飘出紫烟，这些烟始终在安静地向上攀升，将明亮温暖的室内熏得满是香味。我时不时地会去菊屋桥附近的店铺，购买白檀还有沉香回来，放在香炉里。

　　在天气不错的日子里，正午充足且灿烂的光线从纸拉窗照射进来时，室内便会呈现出耀眼的壮观景象。古画中那些色彩绚烂的诸佛、罗汉、比丘、比丘尼、优婆塞、优婆夷[1]、象、狮子、麒麟等，他们仿佛从四壁的画中游动至光芒中一样。从扔在榻榻米上的无数书籍中，出现了惨杀、麻醉、魔药、妖女、宗教——这些种类杂多的傀儡全都融入烟雾里，看上去很朦胧。我屋里铺着一张红色垫子，足有两张榻榻米大小，在这片朦胧中，我躺在垫子上，用浑浊的、好似野蛮人的眼睛凝视着这一切，然后终日沉浸在幻觉里。

---

1　在家信佛、行佛道并受了三皈依的男子叫作优婆塞。女性则称为优婆夷。

晚上九点左右，趁着寺中众人熟睡之际，我将瓶装的威士忌一饮而尽，借着醉意，擅自拆下外廊的护窗板，穿过墓地中的灌木篱笆，散步去了。为了不被他人发现，我每晚都会换上不同的衣服，要么潜藏在公园拥挤的人群中，要么就是在旧货店或二手书店里游走。我还会用布将自己连头带脸包住，穿上唐栈[1]制成的短和服上衣，再将精心修剪的脚指甲涂成红色，然后穿上草履鞋。或是戴上金丝眼镜，穿上圆领和服外套再出门。我还会使用假胡子、瘊子、痣等小道具来改变样貌，这样做也是有趣得很。有天晚上，在三味线堀的一家旧服装店里，我见到一件蓝底儿、霰纹大小不一的女式和服，就很想穿上这件衣服。

---

1 一种有着红、蓝等颜色以及长条花纹的棉织物。江户时代，由欧洲以及中国的船只带至日本。由于唐栈深受当时人们的喜爱，可真正的唐栈价格又很昂贵，于是后世多用手工粗糙的仿制品代替。即便如此，这些仿制品已相当贵重。

不仅是出于我对和服的颜色搭配或是漂亮花纹的喜爱，更是对其料子有着更加深邃且敏锐的眷恋之情。不仅仅是女式和服，所有美丽的丝织品都令我陶醉。每当我看见、触摸它们的时候，不知为何总会有一种想要颤抖的感觉，这就像是在注视着恋人肌肤颜色时的那种快感与高潮。我本人其实非常喜欢御召缩缅[1]，所以我很嫉妒女性，因为她们可以不用顾虑世人的眼光，随意穿着我喜欢的衣服。

---

1 一种女性所穿的高级和服。

当我在那家旧服装店里，看到鲜艳的霰纹绉绸和服垂挂在一旁时，我便在想——当那湿润、厚重且冰冷的衣服黏在我的肉体上，将我全身包裹时，定会产生一种幸福感。一想到这些，我便不自觉地战栗起来。我想穿上这件和服，并以女性的姿态往来于街市……我这样想着，二话不说就买下了它，还顺手买了友禅染[1]的长款和服衬衫、黑缩缅的外褂，配齐了一套行头。

---

1 日本代表性染色工艺之一。由元禄时期（1688—1704）的扇绘师宫崎友禅首创。

　　那应该是身材高挑的女子所穿过的衣服,对我这个矮个子的男人而言却正好。深夜,待空旷的寺院沉寂之后,我开始对着镜子悄悄化起妆来。我先是在黄鼻梁上涂抹白粉,就在涂上白粉的瞬间,我的容貌看上去变得有些奇怪。即便如此,我还是将浓浓的白色黏液置于掌中,然后在整张脸上不断抹开。抹开后的样子比我想象中的要好得多,就像是甘香清凉的露珠沁入毛孔,这种感觉十分特别,我的皮肤也很喜欢这种感觉。在涂上口红还有练白粉后,面庞如石膏般雪白,我就像一个活泼且富有朝气的女人,这一变化过程甚是有趣。我终于体会到演员、艺伎还有寻常女性平日里尝试各种化妆技巧的感觉,这可比文人还有画家进行艺术创作要有趣得多。

长款和服衬衫、衬领、腰卷以及啾啾作响的红绢里子的袖子——这些衣物给我的肉体带来的触感，就像寻常女子感受到的一样。我把后脖颈到手腕的部分全都涂白，然后在银杏卷[1]的假发上戴上了高祖头巾[2]，随后断然奔向夜晚的街道。

　　一个阴云密布的夜晚，我在千束町、清住町、龙泉寺町——一带有着众多水渠、寂静的街道上徘徊了一会儿，不过并没有引起巡警还有行人的注意。夜晚的冷风拂过我的脸庞，我的脸干燥得就像是被贴了一张软树皮。遮在嘴边的头巾布因为呼出来的热气变得有些潮湿，我每走一步，那长长的缩缅贴身裙的裙摆就像在调戏我一样，将我的脚缠住。丸带紧紧勒住从心窝到肋骨的那片部位，扱带[3]则紧勒着我的骨盆，我觉得自己体内的血管开始自然而然地流淌女性的血液，而男子气概还有姿态正逐渐消失。

---

1　日本女性的发型之一。头上的左右两边分别梳两个发髻。这种发型在江户末期开始流行，明治、大正期间达到鼎盛。
2　日本女性头巾的一种。将头部以及面部几乎包裹住，只露出眼睛的部分。
3　日本女性穿和服时搭配的一种装饰物，由武家女性外出时固定衣服下摆的带子演变而来。将一块布裁成适当尺寸，系于腰带下方，起到装饰作用。

友禅染的袖子里伸出了涂有白粉的手臂,在黑暗中已然看不出手臂的健硕,浮现出来的唯有丰满、雪白与柔软。一时间,我被自己动人的手臂所吸引,不禁开始羡慕起在现实中能够拥有如此美丽手臂的女人。如果能像歌舞伎中的弁天小僧[1]那样,以女性姿态犯下各种罪行,该是何等有趣的一件事啊。喜爱侦探小说以及犯罪小说的读者常会因"秘密""疑惑"等元素产生喜悦的心情,而此时我的心情就跟他们一样。怀揣着这种心情,我慢慢朝满是行人的公园六区方向走去。随后,我将自己想象成一个犯下过杀人、抢劫等恶劣罪行的坏人。

---

[1] 歌舞伎《青砥稿花红彩画》中登场的人物,全名为弁天小僧菊之助。弁天小僧本是个美少年,喜好身着女装进行盗窃。日本不少作品中都曾出现过这个人物,较为知名的当属《昭和元禄落语心中》。

我从十二阶前来到池塘边，然后又走到歌剧院前的十字路口，霓虹灯与弧光灯的灯光照射在我的浓妆上，包括和服的颜色以及条纹在内，都能看得一清二楚。当我来到常磐座[1]前，看向道路尽头那家照相馆玄关的大镜子。镜中的我站在络绎不绝的人群里，俨然一个貌美的女子。

---

[1] 浅草六区最早的剧场，同时也是浅草歌剧的发源地。1887年成立，1991年退出历史舞台。

我将自己是"男人"的秘密隐藏在厚重的白粉之下，不论眼神还是口型，举手投足间都表现得像个女人，就连笑声也尽可能模仿。我的身上散发着樟脑丸的香甜气息，衣服摩擦时所发出的声响，就像有人在低声私语一般。与我擦肩而过的女人们，对我也没有丝毫的怀疑，认为我就是她们的同类。而且在这帮女人之中，甚至还有人因为我那优雅的容貌以及复古的穿衣嗜好，对我投来羡慕的目光。

　　公园的夜晚向来都是喧闹的，可在怀揣着"秘密"的我的眼中，这一切却格外新颖。不论是所到之处，还是所见之物，都像是初次接触到的东西一样，让我感觉既新奇又奇妙。我将自己隐藏在浓艳脂粉与缩缅衣服的下面，欺骗了灯光，欺骗了人们的眼睛，或许是自己隔着一层"秘密"的皮囊来观察这一切的缘故，这个平凡的现实，也被添上了如梦一般不可思议的色彩。

从那以后，我每晚都会伪装出门，有时，我甚至可以很镇静地混入宫户座[1]的站票区或是看电影的观众中。等我回到寺院的时候几乎快要十二点了，一进房间，我就迅速将灯点上，由于过于疲惫，我连衣服都没来得及换，便瘫倒在毯子上，要么恋恋不舍地凝视着和服绚丽的颜色，要么就是在哗哗地舞动衣袖。我脸上的白粉开始脱落，最里层的白粉已经渗入到粗糙脸颊的肌理之中。凝视着镜中的自己，我感受到一股颓废的快感，这种快感就像是醉人的陈年葡萄酒一样勾人心魄。我也曾用地狱极乐图为背景，身着炫丽的长襦袢[2]，像妓女一样婀娜多姿地匍匐在被褥之上，翻阅着那些奇怪的书，直至深夜。慢慢地，我越发擅长装扮自己，就连胆量也大了起来。为了满足我的猎奇心，我出门的时候，会将匕首或是麻醉药置于腰间。我这样做并不是为了犯罪，只是想感受一下犯罪所带来的那种美丽且浪漫的气息。

---

1 浅草公园内的小剧场。最早名为吾妻座，1896 年改为宫户座。1934 年毁于火灾。
2 穿在和服内的长衬衣。

后来,在一周后的一个晚上,我意外地遇上了一件不可思议的事。而这不过是一件更加奇怪、更加引人注意、更加神秘的事件的开端。

那天晚上,我喝了比以往还要多的威士忌。当时,我正坐在三友馆[1]二楼的贵宾席上。夜里十点左右的电影院内极其拥挤,并且充满了如雾般浑浊的空气,黑漆漆的人们挤成一团,散发出热气,我脸上的白粉就跟要化了似的黏在我的脸上。黑暗中传来咔嚓咔嚓的摩擦声,不断运转的电影光线每次都会刺激我的眼球,充满醉意的我很是难受,感觉头就要裂开了一样。

---

[1] 浅草公园六区的电影院。

有时在电影放映间隙，室内的电灯突然亮起时，我会透过从楼下观众头顶飘上来的香烟的烟雾，从高祖头巾的阴影里观察在场所有人的脸。我发现电影院内的男人们，会因为觉得我头上所戴的老旧头巾较为珍稀而窥视我，女人们则因为眼馋我这身有着绝佳配色的和服而偷看我。为此，我还暗中得意了起来。在观影的女性中，不论是装束的奇异，还是体态的婀娜，又或是姿色，再也找不出像我一样能够引人注目的人了。

一开始，贵宾室里除了我之外本应该没有其他人的，但不知从何时起，我身边的椅子坐上了人。当电灯再次被打开两三次后，我才注意到左侧的位置上坐着一对男女。

女人看上去二十二三岁的样子，但实际年龄可能有二十六七。她的头上盘着三轮髻，外裹天蓝色披风，面容娇艳欲滴，看她的样子，就像是在卖弄自己的美貌一般。我很难判断她究竟是艺伎还是千金大小姐，但从与她同行的绅士的态度可以推断出来，此人绝非正经人家的太太。

"...Arrested at last（总算抓到你了）..."

那个女人小声念出了默片上面用来说明的字幕。然后，她一边冲我吐出大量香气浓郁、M.C.C.牌土耳其卷烟的烟雾，一边在黑暗中，用比她手上戴着的宝石戒指还要锐利明亮的大眼睛注视着我。

女人的声音与其艳丽的身姿很是不搭，听上去就像演奏太棹[1]的师傅一样沙哑——正是这声音将我的记忆唤醒，让我想起她就是两三年前我去上海旅行途中，于船上偶遇并有过短暂关系的T女。

---

[1] 三味线的一种，主要用来演奏净琉璃的义太夫节。

这个女人从那时起，其着装还有做派便很难让人辨别她究竟是妓女还是良家妇女。那时，船上与她同行的男人以及今晚紧挨在她身边的这个男人，不论是气质还是容貌都有着明显不同，多半，在这两个男人之间，还有无数男人如锁链一般贯穿着她的生活吧？不管怎样，可以确定的是，这个女人就像蝴蝶一样，从一个男人身边飞到另一个男人身上。两年前，在船上相识的时候，我们什么都没有说，也没有道出各自的真实姓名，对彼此的住所以及境遇也一无所知，就这样抵达了上海。后来，我欺骗了这个爱慕着自己的女人，悄悄地离开了她。

　　从那之后，我只当她是我在太平洋上梦到的女人，但出乎我意料的是，竟然会在这里再次与她相遇。之前还有些微胖的她，如今瘦了下来，而且给人一种庄严、爽朗的感觉。她的睫毛很长，圆润的眼睛就像被擦拭过一样透亮，目光中还透着一股看不上男人的威严。她那如同血染一般鲜明的朱唇，以及几乎遮住耳朵的鬓角依旧是老样子。不过她的鼻子似乎比过去还要挺拔，显得更高了。

我无法确定她是否注意到了我。只要电影院的灯一亮,她就会和身边的男人小声说笑,看样子她应该只将我视为普通女性,并没有太过放在心上。可坐在她身边的我,则开始对先前引以为傲的装扮感到自卑。我完全被这个妖女的魅力打败了,她的表情自然生动,这让我觉得自己穷尽技巧的化妆术以及身着的服饰,与她相比,简直就像粗浅丑陋的怪物。不论是女人味儿还是美丽的容貌,我都全然不是她的对手,这就如同繁星比皓月一般,脆弱不堪,令人气馁。

电影院内空气浑浊，在一片朦胧中，她从披风里伸出的柔软手臂轮廓鲜明，犹如鱼一般自由灵动且富有光泽。与男人说话的间隙，她抬起梦幻的双眼，时而仰望天花板，时而皱起眉头俯视楼下的观众，时而露出雪白的牙齿微微一笑。她所露出的每一个表情，全都洋溢着别样的情趣。

她的眼睛又黑又大,好似能够鲜明表达出各种含义,犹如电影院内的两颗宝石,即便从楼下遥远的角落里,也能清楚地看到。她脸上的五官,不单单是用来看东西、闻味道、听声音、开口说话的装置,整张面容更像是令人回味无穷的诱饵,专门诱惑男人的心。

电影院内的视线，早就不在我身上了。虽说有些愚蠢，但我开始对这个抢我风头的女人的美貌产生嫉妒与愤怒之情。同时，我还非常懊恼，因为这个女人曾经被我玩弄且抛弃过，可就是在她容貌的魅力下，我身上的光芒消失，并且受到了践踏。或许这个女人早就认出了我，然后故意在对我实施那可笑的报复吧。

慢慢地，我发觉自己对她美貌的嫉妒之情转变成了爱慕之情。虽说在作为女人的竞争中，我落败了，但我想再次以男人的身份去征服她，感受一下胜利的滋味。我这样想着，一股难以克制的欲望油然而生，很想猛然抓住她柔软的身躯，用力摇晃她。

你应该知道我是谁吧？好久不见，今晚与你再度相逢，我又一次爱上了你。不知这次你心意如何，是否愿意再给我一次机会？希望你明晚能再来此处等我。我并不喜欢告诉他人我的住处，所以盼明日到来之际，你能在此等我。

我从腰间取出半纸[1]和铅笔，于黑暗中快速写出这段话，然后小心翼翼地将纸扔进她的袖兜里，随后，便开始窥视她的反应。

---

1 一种日本白纸。

直到十一点电影结束,她都一直在安静地看着电影。观众们全都站了起来,蜂拥着走出电影院。在拥挤混乱的人群中,那个女人又一次在我耳边低声说道:

"...Arrested at last..."

她比之前还要自信大胆地凝视着我的脸,看了片刻后,她便与那个男人一同消失在人海之中。

...Arrested at last...

她不知在什么时候认出了我。一想到这里，我便感到毛骨悚然。

所以说，她明晚会老老实实过来吗？她和以前相比，明显更加老练了，而且其能力也深不可测，就我刚才的举动，不就是让对方抓住自己的弱点吗？怀揣着各种不安与疑惧，我回到寺中。

我和平常一样脱掉了上身的衣服，当我刚把长襦袢脱下时，从我散乱的头巾中掉出来一张折成正方形的小纸片。

"Mr. S.K（S.K先生）."

上面是用墨水写出的字样,那墨迹有着如玉甲斐绢[1]一般的光泽。这字迹确实出自她之手。在观看电影的时候,她好像中途去过一两次卫生间。看来,她应该早在那个间隙就写好了回信,然后神不知鬼不觉地塞进了我的衣服里。

---

1 日本丝织品的一种,是以粗丝线制作而成的平纹织物。

没想到会在如此令人意外的地方见到你。这三年间，我连做梦都忘不掉你的样子，即便你改变了装束，我也不会将你认错。从一开始我就知道，那个戴着头巾的女人是你。你果然还是老样子，只有你这种好奇心强烈的人，才会做出这种滑稽的事。我不清楚你是真的想与我相见，还是出于好奇的心理，总之我还是很高兴的。明晚我必定等候，盼君而来。不过我有一个小小的请求，那就是九点至九点半之间，请你前往雷门[1]。届时会有车夫相迎，必将你带至我所住之处。就像你说你的住所是个秘密，我也不希望你知道我所居住的场所，因此请允许在你上车之后，让车夫蒙住你的双眼。如若此时不允的话，我将永远不能与你相见，那必然会成为我最心痛之事。

---

1 浅草寺的山门。

当我读完这封信后,我感觉自己在不知不觉中成为侦探小说里的人物。不可思议的好奇心与恐惧,在我的脑海中卷起了漩涡。这个女人竟然对我的癖好了如指掌,她定是有意为之。

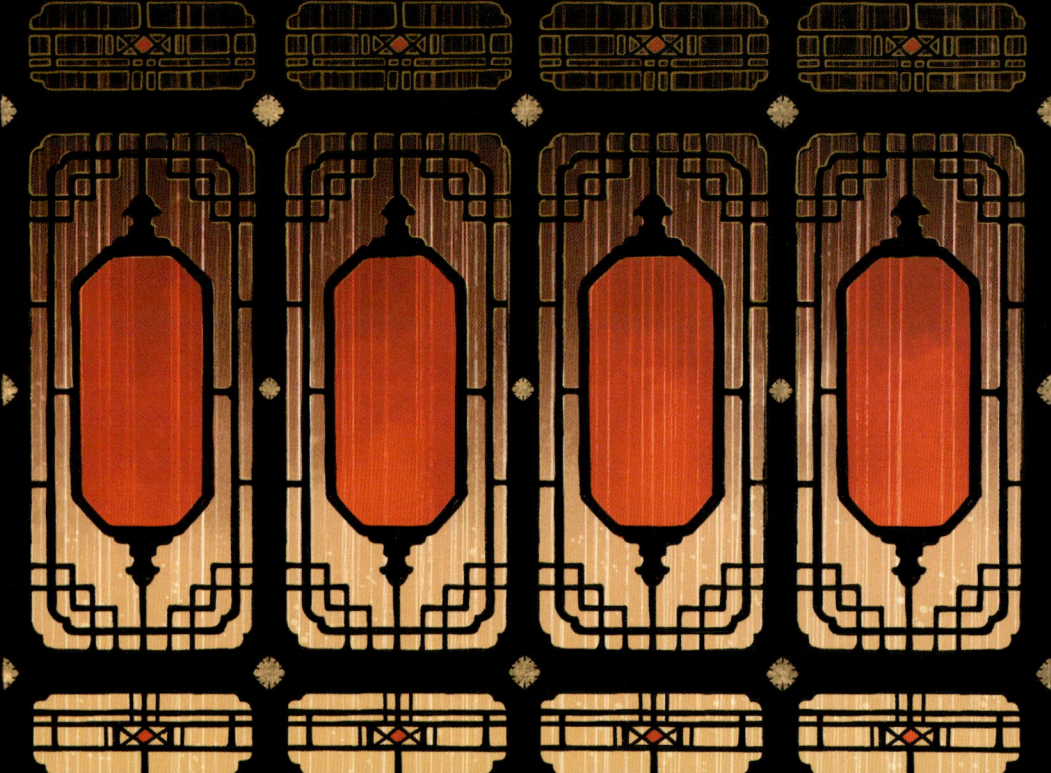

第二天晚上，下起了倾盆大雨。

我换了身完全不同的衣服,在大岛和服[1]的外侧又套了一件防水外□这样出了门。那天的雨很大,犹如瀑布一般,哗啦啦、哗啦啦地落在□斐绸材质的雨伞上。由于新挖的水渠全都溢满了雨水,我便将袜子放□湿透的双脚在周围住户的灯光照射下闪闪发亮。大雨倾盆而下,在雨□器中,其他声音均已被吞没。原本热闹的街道两旁,各家也全都紧闭□雨门板。街上还有两三个掀起和服后摆的男人,他们像打了败仗的士□四处逃窜。电车在铁道滑行的时候,时不时地将积水溅起水花。周边□杆还有广告栏的灯光,在朦胧雨夜中,发出了模糊的光亮。

---

1 原文是"大岛",即大岛绸,一种传统丝绸制品,产于日本鹿儿岛县奄美群岛,可用于制作高级和服与琉装。

我总算来到了雷门，此时我的手套、手腕还有手肘周边全都被雨水淋湿。我无精打采地站在原地，透过弧光灯，我向四周张望，却不见一个人的身影。也许，有人正躲在某个黑暗的角落里，偷偷看着我。我这样想着，又伫立了片刻，不一会儿便看到昏暗的吾妻桥那头，出现一盏红色的提灯。随后，一辆老式人力车顺着街铁电车的铺路石，嘎啦嘎啦地行驶过来，恰好停在了我的面前。

"老爷,请上车吧。"

车夫头戴深色斗笠，身披雨衣，他说话的声音消失在雨水流过车轴的声响中。接着他突然绕到我的身后，迅速用纺绸制成的布蒙住了我的双眼，并紧紧地缠了两圈，我鬓角的皮都变得扭曲了起来。

"请上车吧。"

车夫说着，便用粗糙的手抓住我，让我赶快上车。

车内满是潮湿的气味，雨水落在车棚上，传来啪啦啪啦的声响。闷热的车里散发着白粉的香气与温暖的体温，可以肯定的是，我的身边坐着一个女人。

为了隐瞒方向，车夫在原地转了两三圈后才出发。先是向右转，然后又向左转，时而行走在电车车道上，时而穿过小桥，感觉就跟在迷宫里打转一样。

人力车就这样摇晃了很长一段时间。我身边的女人肯定就是T女，可她却一言不发，只是一动不动地坐在那里。她之所以会和我同坐一辆车上，多半是为了监督我，看我是否严格遵守要求，将眼睛蒙上。不过，即便我没有被他人监督，也绝不会将眼罩摘下来。在海上相识的如梦般的女子、大雨之夜的人力车中、夜晚都市的秘密、盲目、沉默——所有的一切全都融合在了一起，将我投进神秘的雾霭之中。

没多久,女人在我紧闭的唇中插进一根香烟,然后用火柴的火焰把烟点燃了。

一个小时之后，车终于停了下来。车夫再次用他那粗糙的手扶着我，并为我引导方向。我好像进入了一条狭窄小道，走了四五米后，我感到后栅栏门上的锁被人打开了，于是穿过这里走进了房内。

进屋后，我独自一人在客厅坐了一会儿，此时我的眼上依旧裹着东西。在此期间，我听到了开门的声响。那个女人依旧沉默不语，将如人鱼般的身躯贴在我的身上，并将她的上半身仰面靠在我的膝盖上，随后她的双腕绕到我脖子的后面，轻轻将蒙在我眼上的纺绸解开了。

这个房间大概有八叠榻榻米大，不论是装修还是装饰都很气派，就连所选用的木材都是极好的。但这里就跟这个女人的身份一样，很难分清是男女幽会的场所，还是小妾的外宅，或是上流人家所住的地方。一旁走廊的外侧种有茂密的植被，另一边则被围上了壁板。就我眼前所见到的这些，根本无法判断这个家位于东京的何处。

"你终于来了啊。"

女人一边说着,一边将身体靠在客厅正中央的方形紫檀桌子上,她洁白的双臂,如同两个生物般松弛地匍匐在桌上。她身着带有领口的,有着古朴花纹的和服,并绑有相对应的带子,头发也扎成了银杏髻。此时,她的样子和昨晚给人的感觉大不相同,我也因此吓了一跳。

"你肯定会觉得,今晚我的样子很奇怪吧?这也是没有办法的事,为了隐瞒自己的身份,我只得每日变换服饰。"

她一边说着,一边拿起桌上的西式酒杯,并向杯中倒入葡萄酒。她此时的样子,比想象中的还要淑女,且萎靡不振。

"没想到你还能记得我。自从在上海分别之后,我曾和很多男人生活在一起,那些时光很是艰辛,但不可思议的是,我却从未将你忘记。所以这次请不要再将我抛弃了。请将我视为不知底细的梦一样的女子,和我一直交往下去吧。"

她一字一句地讲出这些话,犹如遥远国度的歌曲旋律,饱含悲哀之情,使我深受触动。昨晚还那般美艳、要强、聪明的女人,此刻竟也会表现出如此忧郁、令人心动的样子。就好像为了我,她能够舍弃一切,甚至献出自己的灵魂。

不论她是"梦中的女人"还是"秘密的女人",都给我一种朦胧感,这场令我分不清究竟是现实还是幻觉的"爱情冒险",充满了趣味性。自那以后,我每晚都会前往她的住所,一直玩到凌晨两点半前后,随后被蒙上眼睛,送回雷门。这种状态持续了一两个月,我们完全不知道对方的住所还有姓名。原本我并不想弄清女方的境遇还有住所,可随着时间的推移,我开始产生了不可思议的好奇心。我所乘坐的那辆人力车究竟把我带到了东京的什么地方?自己的眼睛被蒙住之后,又从浅草经过了哪些地方呢?我真的很想知道这些。每次车驶到女人家都会花上三十分钟或是一个小时,有时甚至会用上一个半小时的时间,但很有可能,她家就住在离雷门很近的地方。每天晚上,我都会在跟随人力车摇晃的同时,不断思考这件事。

　　有天晚上,我终于忍受不住了,于是对车上的女人乞求道:"哪怕只有一会儿也好,能不能摘下我眼上的布?"

"不可以，不可以。"

女人慌忙将我的双手死死按住，并将脸贴了上去。

"请不要如此任性，这些全都是我的秘密。如果你知道了这些秘密的话，就很有可能将我抛弃。"

"为何我会抛弃你呢？"

"因为只要你知道这些的话，我便不再是那'梦中的女人'了。我很清楚，和爱我相比，你更爱那个'梦中的女人'。"

她说了很多乞求我的话，但我一句都没有听进去。

"真拿你没办法，那就让你看一眼吧……不过只能看一眼。"

女人叹着气说道,并有气无力地将我眼上的布摘了下来,然后一脸不安地问道:"你知道这里是什么地方吗?"

在美丽晴朗的夜空中，繁星闪烁，如白霞一般的天河在无尽的天际流淌着。狭窄的道路两侧，商店鳞次栉比，整条街区布满灯光，甚是热闹。

不可思议的是，这条街道明明十分繁华，我却对这条街道的位置毫无头绪。人力车不断向前行驶，在前方一二百米的道路尽头，出现了一家印章店的巨大招牌，招牌的上面写着"精美堂"。

坐在车上的我向远处望去,正当我想努力看清招牌上横着写的细小街道名时,女人突然注意到了我。她"啊"了一声后,再度将我的眼睛蒙了起来。

巷子中有许多热闹的商店,在巷子的尽头则有着印章店的招牌——不论怎样想,这都是一个我从未来过的地方。儿时所体验过的那种身处谜之世界的感觉,再次向我袭来。

"你有看到那个招牌上的字吗?"

"没看到,我根本就不知道这是什么地方。除了三年前在太平洋上的那次经历外,其他有关你的事我一概不知。总觉得自己像被你诱惑着,来到了位于遥远海岸的梦幻国度。"

听完我的话后，女人用深切且悲痛的声音说道："即便在来世，也请永远保持你所说的那种感觉吧。请你继续把我想象成居住在梦幻国度的梦中的女人吧。还有，请你不要再像今晚一样任性了。"

她的眼中好像流出了泪水。

在之后的很长时间里，我都不曾忘记那晚她带我见到的不可思议的街景。灯火在熊熊燃烧，热闹却狭窄的巷子尽头，有一块印章店的招牌，这些场景全都清晰地储存在我的脑海中。我费尽心思地想要找到那条街道，终于，我想到了一条计策。

由于这段时间以来，每晚都被他们带着转来转去，不知不觉中，我也掌握了一些情况。人力车一定会在雷门原地转上几圈，然后向右转再向左转数次。一天早上，我来到雷门的一隅，然后闭上眼睛在原地旋转两三圈，觉得转到差不多的方位后，便用与人力车相同的速度朝一个方向跑出去。感觉跑得时间差不多后，便开始斟酌应该转进哪条巷子里，除此之外别无他法。说来也巧了，就和我预想的一样，既有桥又有电车通道，人力车走的肯定就是这条路。

这条路先是从雷门出发，绕着公园外侧穿过千束町，然后通过龙泉寺町的细长街道，朝着上野方向前行，之后在车坂下[1]向左转，顺着徒町再走个七八百米，再向左转，我便在这里撞见了那晚的那条巷子。

---

1　千束町、龙泉寺町、车坂下，包括后文出现的下谷竹町全都位于东京台东区。

果不其然，我见到了印章店的招牌。

我望着那块招牌，就像是探明潜藏在洞穴深处的秘密一样，径直走到道路尽头。令我意想不到的是，这里便是每晚都会有夜市出没的，与下谷竹町相连的地方。曾经，我还在位于前方四五米的旧服装店买过霰纹绉绸和服。那条不可思议的巷子，便是将三味线堀与仲徒町横向相连起来的街道，不过我确实不记得自己曾经走过这里。我在那块令我神魂颠倒的招牌面前站了一会儿。那晚星空璀璨、氛围如梦般神秘，街道也挂满了火红的灯笼，可现在却大不相同，地面被火辣辣的秋日晒得干巴巴的，紧挨在一起的房子也都一股子穷酸相。不知为何，我一时间难掩失望和扫兴。

我被那难以压抑的好奇心所驱使,自己就像条一边在路上嗅着气味,一边寻找着回家道路的狗一样,又开始寻找起前行的方位。

前方的路再次转向浅草区,从小岛町不断向右走,穿过菅桥附近的电车道,从代地河岸朝柳桥方向一拐,便能走到两国的大道上。这下我总算明白了,这个女人为了不让我知道具体的方向,竟然绕了这么大一圈。在经过药研掘、久松町、滨町,再穿过蛎滨桥后,我便一下子失去了方向。

那个女人的家应该就在这一带。随后,我花了大概一个小时的时间,不停出入这附近的狭窄巷子。

我在供奉道了权现¹的地点对面,发现了一条很不起眼、狭窄又简陋的夹道,夹道里挤满了房屋。我的直觉告诉自己——那个女人的家就藏在这里面。我进入夹道,走过两三户的位置,有一户人家的二楼栏杆处围上了精美的板壁,而那个女人就像死人一样,正隔着松树叶,目不转睛地俯视着我。

---

1 "道了"指的是妙觉道了,是室町时代曹洞宗的僧侣。"权现"则指菩萨化身的神。

82

我不禁抬眼望向二楼，眼神中充满嘲讽。女人装作不认识我一样，面无表情地看着我。她好似变了一个人，就连容貌也和夜晚给人的感觉有所不同。女人的脸上瞬间表露出悔恨还有失意之情，只因允许了男人一次的乞求，松开了绑在他眼上的布带，自己的秘密就被发现了。不一会儿，她便静悄悄地退到纸拉窗的后面，藏了起来。

　　这个女人名叫芳野，是附近一个财主家的寡妇。就跟那块印章店的招牌一样，如今所有的谜团都被解开了。我也随之将女人抛弃了。

　　过了两三天，我立刻离开寺院搬去了田端[1]。我的心逐渐不再满足于"秘密"所带来的迟缓而又浅淡的快感，反倒是开始追求色彩更加浓郁、能够布满鲜血的欢乐。

---

1　位于东京的北区。距离浅草约有6公里的距离。

"这座美丽的岛屿已经宛若地狱。"　　　　　　"然而，你，你却，不曾记得我！"

《瓶装地狱》
[日] 梦野久作 著　　[日] 仄白 绘

《外科室》
[日] 泉镜花 著　　[日] 仄白 绘

海边漂来三封信，
上面讲述了一对遇难兄妹在无人
岛上的生活。

在外科室接受手术时，
夫人拒绝麻醉。
她的眼睛一直盯着外科医生高峰。

"既然融入了您的生命,想必我一定变得很美了吧?"

《刺青》
[日] 谷崎润一郎 著　　[日] 夜汽车 绘

身为刺青师的清吉,
盼望着理想的肌肤,
意欲在那之上完成刺青。

"这束花搭乘着马车,在海岸播撒完春天后,来到了这里。"

《春天乘着马车来》
[日] 横光利一 著　　[日] ITOATSUKI 绘

他已经无所谓了,就这样吧,
什么时候死都行。
在海边的小屋,他照顾着一天比一天病重的妻子。

"那么,接下来要施展变形术了。你今晚想要变成什么?"

《魔术师》

[日] 谷崎润一郎 著　　[日] SHIKIMI 绘

我的灵魂就像被磁石吸引的铁片一样,被魔术师吸引。
初夏的夜晚,和恋人一起去公园的我,遇到了住在那里的一座小屋中美丽的魔术师。